난蘭

난 蘭

문혜관 시집

불교문예

■ 시인의 말 ————————————

　불교문학에 입문하기 전 쓰고 다듬고 습작하다가
그냥 묶어 놓았던 것을, 40여 년이 지나 육십 고갯길에
와서야 초발심으로 돌아가 정리해보았다. 잘 쓴 시라고
보기엔 모자람이 많고 다만 처음 발심하여 쓴 글이라는
점과 이 작품들이 있었기에 다른 작품들이 있다는 것을
상기하면서 흘러간 날들을 다시 꺼내본다.

                              사문 혜관 합장

차례

■ 시인의 말

제1부

제2부

제3부

제4부

제1부

산사

밤 깊은 골짜기에
동백꽃 붉은 향기

천년 업 닦아내는
두견새 슬픈 울음

저물어
오가지 못한
객승의 마음인가

선禪

밤하늘
별들이
잡화점을 이룰 때

호수에 떨어지는
돌 따라 깊이 파고들었더니

어둡고 단단한 머리
쪼개고
떠오르는
보름달

한 마리 학을 보며
-삼각스님

푸른 산빛 휘돌아

맑은 냇물 졸졸 따라

회색걸망 걸쳐 매고

이산 저산 흰 깃 젖어

인생사 능히 달관해

발 딛는 곳 정토이리

산야

달덩이
두둥둥실
산창에 비쳐오면

흰 벚꽃 물결치고

4월의 아린 마음
움터,
나는

하얀 눈물로
청산을 달린다

봄소식

속살 훤히 뚫어 보인 맑은 계곡 물소리에
두툼한 산허리도 기지개를 켜고 앉아

외양간
요령 소리에

장단 맞춘
송아지

난蘭

얼마나
아프기에
저리 날을 세우나

안으로
삼킨 인고
가슴 속 담아 놨다,

살 찢어
피는 꽃이라
향기조차
그윽한가

대흥사 피안교

몇 억 들여 세운다리
건너가면
피안세계

한푼 두푼
눈물 나는
가난한 살림살이

다 거둬
극락세계나
건널까 생각한다

수양

모든 것
눈감고서

욕심 없이 바라보려

성냄보다 웃음으로
슬픔보다 기쁨으로

날마다
연습하지만

마음이
비워지지 않네

피안교

이 다리 건너면
세속 고뇌 잊어지는,

그리도 염원하던
푸근한 극락인가

피안교
건너보아도

번뇌중생 연민이라

그리움

별빛은
첩첩산중

더욱더 영롱하고

그리움
빽빽 숲을

헤치고 향하노니

첩첩산
어둔 벽이야

촛불에
녹아내리네

구름

나는 떠도ㅡ르고

너 또한 떠 다녀도

뜻이 같다면야

언젠들 만날 테니

가는 곳 어디일지라도

두 손 접어 기원하리

자은도

돌멩이 빙 둘러쳐진
작은 섬마을에

임께서 고운 향기
따뜻하게 피우시니

이 외딴
섬마을에도
부처님 나시네요

탄금대

남한강 푸른 줄기 탄금대 씻기울 때

신라땅 우륵선생 거문고 노랫가락

돋는 듯
살아 울리는

푸른 철새 노랫소리

남촌

오다가
더 오다가
더 이상 올 수 없어

푸른 들
푸른 두메
실 같은 情을 풀어

지쳐온
나그네 설움
정한수에
목축인다

완도 바닷가

비린내 물씬 풍긴
진주 못된 조개껍질

뱃고동 그 애절한 소리
섬처녀 가슴 훑는다

세월의 아픈 흔적
여기저기 찍어내고

가야산 小曲

성냥개비 꽂아 논듯
산산 곳곳 쭉쭉 선 솔

부딪히면
온 산천 벌겋게
탈 것 같아

천년 학
조심스레이
가야산 둘러앉다

제2부

광한루

이도령 성춘향이
두 손 잡고 연애하던

월매집 뒷산에는
봄뻐꾸기 울어대고

호올로 걷는 나그네
봄볕에 눈물 나네

자식생각

완행열차 기적소리에
떠나간 자식생각

문지방 걸터앉아
소맷자락
눈가에 대고

언제쯤 찾아오려나
먼 하늘만 쳐다보오

합장

두 손 접어 엎드리고
향불을 사루어서

임에게 향한 마음
삼천대천 뛰어넘으니

번뇌일랑
설탕물 녹듯
억겁번뇌 사루소서

늦가을

흔하게 울던 매미마저
긴 수면에 들어가고

신호인양 울어대는
귀뚜라미 울음소리

맨 마지막 살아 부르는
이별의 고향곡인가

연꽃

석탑石塔에 뜻 키운 날
합장合掌하고 올라서면

이겨 내린 세월 밖
털어내고 씻은 번뇌

참사랑 피워 내시는
속살 같은 연꽃이여

고독

바람도
홀로 있기 힘든 듯
가지 흔들고

담 위에 묏새마저
깃을 털며
갈 곳 잃어

방안에 시계소리만
천장을 헐고 있네

불면의 밤

벌 나비 날아들던 산하마저 촉각 접고

햇살도 어둠의 수면제에 마취될 때

빨간 나
동백꽃순은

어둠 까는 불면사

바닷가에서

바다가 파도를 불러
마음 닦아낼 때

수평선 끝자리
붉은 법열 꽃 피우고

갈매기
끼욱끼욱 소리

내 마음
씻고 간다

일지암

일지암 풍경소리
삼계를 울릴 때

한 스푼 작설차 잎
백자에다 넣고 나서

하늘을 쳐다보며는

노고지리
침 삼킨다

탑

흰 구름으로

떠돌고

붉은 노을로

떠오르다

수천의 억겁 윤회 속

인연 끈 맺어

금생에

성불로 이르는 길

인고忍苦일지라도

억만년

강물로 흘러

대해大海에 이르리

부여

고란사 종소리
흩어지는 백마강에

맑은 물 깊이헤쳐
의자왕 술병 들면

삼천궁녀 애달픈 노래

낙화암에
흩어지네

월출산

햇살이 하도 좋아
올라보면 허허벌판

달빛이 그리 밝아
올라서면 산 빛 연꽃

청산에
탐스럽게도
무르익어
매달려 있다

대흥사

우슬재 굽이돌아
남도향기 해남 땅

맑은 물 아름다운
천년고찰 대흥사

법열이 가득 넘치는
情 깊은 수도도량

진달래

어느 임 눈물로 짠
애타는 마음인가

어느 가슴 도려낸
피맺힌 사랑인가

불길로
타오르는 情
누가 있어 꺼줄까

불나비

긴 어둠 짓눌림에
아무쪼록 탈피하고자

뜨거운 불빛으로
가슴을 태운다

서럽게 덜 익은 사랑
그것까지
마저 태운다

천불전

삼천년 아니 더 긴
세월 속에 많은 부처

고행에 고행하고
편안히 열반하신

수많은 역대 부처님
어디가고
천분만 남았나

제3부

자정

여기에선 보이지 않는 어두운 밤빛에

깜박이는 촛불만이 우주의 빛으로 일고

번뇌의 두터운 계단
오늘도
한발
한발

관세음보살

몇 억겁 쌓은 업보
재우고 닦아서는

시기와 미움 재워
고웁디 고온미소

사바에 나투시어서
만중생의
스승이리

등대

임을 향한 마음에
작은 등불 치켜들고

긴 어둠 뚫고 선
번뇌의 고해바다

윤회고^苦
벗어나고자
미풍에 돛 올린다

부둣가

떠나는 길 서러워
흰 뱃머리 물결 보며

아지랑이 봄볕 속에
안녕도 채 끝나기 전

못 다한 아픈 이별 속
거센 물결 바위 친다

산수화

우리네 사는 모습

들판에 들국화나

청산의 바윗돌에

돋아난 색난이나

가진 것 한 푼 없어도

입술에 돋는 웃음

설산

봉우리 눈 쌓여올 제
울 엄니 지난 인고忍苦

하ー얀 머리카락
희끗희끗 돋아난데

그 누가 아름답다고
저리 야단스레 웃는가

보길도

뭍과 떨어져
외로운 섬일 게다

섬을 지나 섬이고
또 섬을 지나 보길도라

무딘 돌 뱃고동소리
귀를 쫑긋 세운다

폭풍주의보

저 등대 불빛아래
쏟아지는 환희

오늘 뉴스 파고 높아
폭풍 속 주의보인데

또 누가 바다 건드려
성난 파도 쏟는가

희망 또는 그리움

무지개 하늘 이고
가슴 벅찬 여름날

어느 담 돌 틈으로
시린 햇볕 드는가

가을날
하ー 빨간 사과
마저 익어
떨어지네

감

우리 조선 여인네는

집나간 지아비를

기다리다 기다리다

청상과부 되어

안으로 삭혀온 가슴

가을 끝에 붉은 홍시

달밤

꽃으로 피어야하리
꽃으로 피어야하리

사랑은 그리온 것
사랑은 외로온 것

이밤사
중천 하늘에
달빛으로 맺는 사랑

행복

들녘에 홀로 피는 외로운 꽃이여

산야에 불타는 빠알간 동백이여

행복은 그대의 입술 언저리에 묻는 향기

장미

익을 대로 익어버린
탈대로 타버린 꽃

산사에 맴도는
꽃이여 사랑이여

눈물이
안으로 젖네
소리 없이 우는 꽃

안개

안개 속에 갇히어서 살아가는 사람들

그것이 싫어 빛이 좋은 줄 알았는데

오늘은 차라리
안개에 덮여

너 나도 몰랐으면

제4부

조개껍질

청계천 어물전에
성산포 포구에도

버림받아 오갈 데 없는
썰렁한 조개껍질

아직은 사랑이 있어
내 책상 위
파도울음

시계

시계는 하루 종일

쉼 없이 돌고 돈다

다람쥐 굴레 속에

돌고 도는 사람들

하루쯤 쉴 수 없을까

무뎌버린 머리맡에

이별의 서시

만나 즐겁고
기쁠 때에는
네 생각 두지 않다가

모퉁이 휘어 돌면
눈물 나는 정 풀리어

너 만나
눈물로 그린
슬픈 얼굴
아픈 새김

가을 소묘

1.

앙상한 가지 위를 부끄러이 돌아보다
토해버린 질경이를 호미로 파묻고서
허옇게 돋아난 머리 그림자로 세어본다

2.

온 누리 하품하는 풀벌레 찌르레기
마당을 쓸다보면 구겨진 지폐 한 장
옷섶에 비추인 하늘 체온계를 재볼까

만행

산천초목 낯설고 물살은 거션데
차가온 하늬바람 첫눈이 내린다

떠나는 몸이 아니라면 얼마나 따뜻하리
오늘따라 설움은 왜 이리 많을까

굴껍질 밟으며 갈매기 바라보니
옛동무 환한 얼굴이 가슴에 북받친다

푸른 별

솔 소리 불어오니
아스란 별빛들이
어둠을 밝혀들고
다시타서 솟는 하늘
억새풀
휘어진 가지
반딧불이 모여들어
내사 여기 춤을 추고
플 앞의 긴 나루에
우리 모두 별이 될 때
한사위
억새풀 안고
등대되어 지난다

화개 벚꽃

섬진강 모래 빛에
지리산 한층 곱고

전라도 경상도가
갈리는 이정표길

화개골 십리벚꽃이
뜨거운 정 풀어낸다

쌍계사 범종소리
석양하늘 울렸쌌고

늦게사 어둠진채
하산하는 등산객들

잠들 줄 모른 십리 벚꽃
어둠마저 향기롭다

반야교

시냇물 맑은 거울
비춰보는 하루모습

오늘은 몇 명이나 지나칠까 생각하면

약간은 구부러진 허리
인욕심 지혜 돋는다

다리 아래 맑은 물에 산피리 꼬리치고

동백꽃 빨간 물이
산수화 그릴 때면

겨울산 하얀 백설 위
깃털 털며 먹이 찾는다

가련봉 올라서면

다도섬
오순도순
금당폭포 하얀 샴푸

여인네 살결 씻고
반야교 깨어나는 달

물살 씻겨
더욱 밝다

대흥사 계절 소곡

봄이면 아지랑이
산산 골골 피어나고

7년 인고 매미합창
호도열매 꿈 키운다

가을 속 노란 은행잎
소녀 책갈피 사랑 심다

첫눈 내리는 날

목이 쉰 갈잎 새에 아직 울음 식지 않는데
못 참는 기쁜 행복 주체하기 힘들기에

하이얀 송이로 펑펑 이 산하 채우는가
받는 것도 없는데 기다림도 없는데

이 가슴 부풀어서 허공에 매어달고
봉우리 눈길 따라서 빨간 동백 물들이나

기다림

끊어질듯 끊어질듯
이어지는 음의 날개가
아직 저버리지 못한
빈자리 넘쳐흐르고
생각은 출입문 열고
빨갛게 두드린다

유리컵엔 보리차
서러움 깃들어
목덜미 가선 차마 메어
좌절보다 간절한 기도
뜨겁던 커피 한잔이
풀이 죽어 싸늘하다

떠남에 있어서

겨울 산 백설은 내리어서 무얼 하나
철 이른 겹동백꽃 무얼 하려 피느냐
떠나는 걸음 겨운데 눈물쯤 흘려주지

백설 위 두고 간 맘 봄 되면 녹겠지만
동백꽃도 한 아름 꺾어가지만 곧 시들겠지
녹아서 꺾인 자리에 아픈 상처 아물겠지

시골 장날

찬사발에 얼룩지는 짜리한 막걸리잔

한잔 부어 건네주며

고향 얘기 사는 얘기

구름도 먼 하늘에서 내려와 어울린다

불교문예 시인선 • 021

난蘭

©문혜관 2017, Printed in Seoul, Koera

초판 1쇄 인쇄 | 2017년 09월 05일
초판 1쇄 발행 | 2017년 09월 10일

지 은 이 | 문혜관
펴 낸 이 | 문혜관
편 집 인 | 채 들
펴 낸 곳 | 불교문예출판부

등록번호 | 제312-2005-000016호(2005년 6월 27일)
주　　소 | 03656 서울시 서대문구 가좌로 2길 50
전화번호 | 02) 308-9520, 010-2642-3900
전자우편 | bulmoonye@hanmail.net

ISBN : 978-89-97276-23-3

이 도서의 국립중앙도서관 출판예정도서목록(CIP)은 서지정보유통지원시스템 홈페이지
(http://seoji.nl.go.kr)와 국가자료공동목록시스템(http://www.nl.go.kr/kolisnet)에서 이
용하실 수 있습니다.(CIP제어번호: CIP2017022306)